Das Tapfere Schneiderlein /
The Brave Little Tailor

Heinz-Uwe Haus

AF239361

Heinz-Uwe Haus

Das Tapfere Schneiderlein
The Brave Little Tailor

Ein Märchenspiel nach den Gebrüdern Grimm
A Fairytale play from the tale by the Grimm Brothers

Bibliographische Information Der Deutschen Bibliothek
Die Deutsche Bibliothek verzeichnet diese Publikation in der Deutschen Nationalbibliographie; detaillierte bibliographische Daten sind im Internet unter `http://dnb.`
`ddb.de/` abrufbar.

Bibliographic information published by Die Deutsche Bibliothek
Die Deutsche Bibliothek lists this publication in the Deutsche Nationalbibliographie;
detailed bibliographic data are available on the Internet at `http://dnb.ddb.de/`.

©Heinz-Uwe Haus · Pasteurstr. 28 · D-10407 Berlin · Germany

Translation to English from the German original by: James Stark

Umschlagbild: Marianne Haus
Satz: Utz-Uwe Haus
Herstellung und Verlag: Books on Demand GmbH, Norderstedt
Gesetzt aus der Adobe Garamond Pro

Cover Art: Marianne Haus
Editor: Utz-Uwe Haus
Publisher: Books on Demand GmbH Norderstedt
Typeset using Adobe Garamond Pro

ISBN 3-8334-3150-4

Das Werk ist urheberrechtlich geschützt. Kein Teil darf ohne schriftliche Ge-
nehmigung des Autors mechanisch oder elektronisch vervielfältigt, in Daten-
banken gespeichert, auf Bühnen oder im Rundfunk aufgeführt, verfilmt oder
aufgezeichnet werden.

No part of this book may be reproduced by any mechanical, photographic, or
electronic process, or be performed on stage, broadcasted, or recorded, without
prior written permission from the publisher.

Deutsche Fassung

Alle Rechte vorbehalten.

Alle Rechte, insbesondere die der Übersetzung, Verfilmung sowie Übertragung durch Rundfunk, Fernsehen und andere Medien, vorbehalten. Dieses Buch darf zu Bühnenzwecken nur benutzt werden, wenn vorher das Aufführungsrecht einschließlich des Materials vom Autor rechtmäßig erworben ist. Das Ausschreiben der Rollen ist nicht gestattet.
Übertretung dieser Bestimmungen verstößt gegen das Urheberrechtsgesetz.

I

Personen

Schneiderlein	König
Bauersfrau	1. Soldat
Fliegen	2. Soldat
1. Riese	3. Soldat
2. Riese	4. Soldat
1. Wache	Einhorn
2. Wache	Wildschwein
Haushofmeister	Höflinge
Koch	Prinzessin

7 Bilder — Musik — Lieder (bis auf zwei ältere Volkslieder)

Erstes Bild: In der Werkstatt

Kleine Dachkammer. Wohn- und Werkstatt des Schneiderlein. Vor dem Fenster der Tisch mit Hölle. Sommermorgen.

Schneiderlein:

Ein Zwirnfaden. Angefeuchtet und spitzgedreht. Die Nadel in die linke Hand. Den Faden in die rechte. Die Nadel zur Sonne gehalten. Das Öhr ins Auge gefaßt. Gut gezielt. Dann einen Knoten. Das Werk kann beginnen!
(näht und singt dazu das Lied „Schneiders Höllenfahrt")

1. Es wollt' ein Schneider wandern
    des Montags in der Früh,
    begegnet ihm der Teufel,
    hat weder Strümpf' noch Schuh':
    He, he, du Schneiderg'sell,
    du mußt mit mir in d'Höll,
    du mußt uns Teufel kleiden,
    es gehe wie es wöll!

2. Und als der Schneider in d'Höll neinkam,
    nahm er sein' Ellenstab,
    er schlug den Teufeln die Buckel voll,
    die Höll' wohl auf und ab.
    He, he, du Schneiderg'sell,
    pack dich nur aus der Höll!
    Wir brauchen nicht das Messen,
    es gehe wie es wöll.

3.   Nachdem er all' gemessen hatt',
nahm er sein' lange Scher'
und stutzt den Teufeln d'Schwänzeln ab,
sie hupfen hin und her:
He, he, du Schneiderg'sell,
pack dich nur aus der Höll'!
Wir brauchen nicht das Stutzen,
es gehe wie es wöll.

4.   Da nahm er's Bügeleisen raus
und warf's ins Höllenfeu'r;
er strich den Teufeln die Falten aus;
sie schrieen ungeheu'r:
He, he, du Schneiderg'sell,
geh du nur aus der Höll!
Wir brauchen nicht das Bügeln,
es gehe wie es wöll.

5.   Drauf nahm er Nadel und Fingerhut
und fing zu stechen an;
er näht den Teufeln die Nasen zu,
so eng er immer kann.
He, he, du Schneiderg'sell,
pack dich nur aus der Höll!
Wir können nimmer schnaufen,
es gehe wie es wöll.

6.   Nach diesem kam der Luzifer
und sagt: „Es ist ein Graus;
kein Teufel hat ein Wedel mehr.
Jagt ihn nur zur Höll hinaus!"
He, he, du Schneiderg'sell,
pack dich nur aus der Höll!
Wir brauchen keine Kleider,

es geh' halt, wie es wöll.

7. Nachdem er nun hat aufgepackt,
    da war ihm erst recht wohl,
    er hüpft und springet unverzagt,
    lacht sich den Buckel voll;

    ging eilends aus der Höll
    und blieb ein Schneiderg'sell;
    drum holt der Teufel kein'n Schneider mehr,
    er stehlt so viel er wöll.

Bauersfrau:

(hinter der Szene) Gut Mus feil! Gut Mus feil!

Schneiderlein:

(horcht auf) Mus? Das klingt gar lieblich in den Ohren. Süßes Mus! Ein gutes Frühstück hält Leib und Seele beisammen.

Bauersfrau:

(hinter der Szene) Gut Mus feil! Gut Mus feil!

Schneiderlein:

(beugt sich zum Fenster hinaus) Hier herauf, liebe Frau, hier wird sie ihre Ware los.

Bauersfrau:

(hinter der Szene) Wer ruft wo?

Schneiderlein:

(winkt) Ich — hier oben, Bauersfrau. Ich will mir ihre Ware ansehen.

Bauersfrau:

(hinter der Szene) O weh. Da ganz oben!

Schneiderlein:

Ja. Hier oben. Hier sucht man süßes Mus.
(für sich:) Mein Hunger ist groß und gewaltig.

(Keuchend tritt die Bauersfrau auf. Sie trägt einen mächtigen Korb mit Stein-töpfen.)

Bauersfrau:

Da bin ich. Guten Morgen, Schneiderlein. Diese Treppen. *(setzt den Korb ab)* Drei lange Treppen hoch bis unters Dach. Mein Atem. Das in meinem Alter.

Schneiderlein:

Ja, guten Morgen, liebe Frau, pack' sie alle Töpfe aus, ich will mich heut' am Mus mal gütlich tun.

Bauersfrau:

Da werde ich dir ein gut Teil Mus verkaufen können. Recht kümmerliche Geschäfte macht man sonst in dieser Stadt. Ganz frische Ware eigener Ernte. *(Sie nimmt einen Topf aus dem Korb und setzt ihn vor dem Schneider auf den Tisch.)*
Da ist zunächst ein Apfelmus. Lecker, sag ich dir. Es heißt immer: jede Apfelsorte, auch unreife Früchte und Fallobst, kann dazu benutzt werden, und man kann Mus kochen, solange es Äpfel gibt; aber je feiner und vielfältiger das Obst, desto aromatischer das Mus. Spürst du den Duft? Der kitzelt dir in die Nase, was?

Schneiderlein:

Hm. Nicht schlecht. Zeig', was Du sonst noch so hast.

Bauersfrau:

Ein Quittenmus. *(den zweiten Topf hinstellend)*
Ganz köstlich, nur für Feinschmecker. Die geschälten, in Vierteln geschnittenen, von Blüte, Stiel und schlechten Stellen befreiten Quitten werden gleich nach dem Schälen in Wasser gelegt, damit sie weiß bleiben und keine Flecken bekommen. Dann setzt man Zucker und Weinessig aufs Feuer, fügt abgeriebene Zitronenschale, ein Stückchen Zimt und ein paar Nelken hinzu und kocht alles solange miteinander, bis man die Quitten mit einer Gabel leicht durchstechen kann. Dann passiert man sie. Das allerfeinste Quittenmus entsteht so. Was meinst du dazu?

Schneiderlein:

Das Wasser läuft einem im Munde zusammen, wenn man nur hinsieht. Und obendrein noch die Beschreibung!

Bauersfrau:

Nicht wahr. Da schleckerts dir.

Schneiderlein:

Ja. Laß weitersehen.

Bauersfrau:

Das Pflaumenmus. *(holt den dritten Topf)*
Das ist nun wirklich köstlich und hat Art. Glatt 30 Pfund Pflaumen kommen auf den Topf. Und jede einzelne sauber abgerieben und entsteint. In einem blanken, kupfernen Kessel läßt man sie zum Kochen kommen und rührt dann fortwährend mit einer langen, hölzernen Kelle, bis die Masse die gehörige Dicke angenommen hat. Weißt du, was das bedeutet? Das Feuer darf nicht zu stark sein, muß aber gleichmäßig brennend gehalten werden, so daß die Früchte unter beständigem Umrühren immer im Kochen bleiben. Das ist ein Kunststück, sag ich dir, und kostet Zeit. Erst jetzt gibt man den Zucker hinzu, rührt noch einige Male um, bis er sich gelöst hat, und nimmt den Kessel vom Feuer. Auf 10 Pfund Mus 2 Gramm gemahlene Nelken und 6 Gramm gemahlenen Zimt, das ist mein Rezept.

Schneiderlein:

Das ist wohl wahr. Mein Appetit steigt unaufhörlich. Das Mus scheint mir gut, wieg' sie mir doch vier Lot ab, liebe Frau, wenn's auch ein Viertel Pfund ist, kommt es mir nicht darauf an.

Bauersfrau:

Was? – Vier Lot?

Schneiderlein:

Nehmt ein Viertelpfund, ich werd's schon alle kriegen.

Bauersfrau:

Drei Treppen steig' ich mit meinem schweren Korb herauf. Noch schlägt mein Herz mir bis zum Hals. Und dann – ein Viertelpfund!

Schneiderlein:

Wettert nicht, liebe Frau. Hier ist ein Groschen und gehab sie sich wohl.

Bauersfrau:

Alle Donner! Daß dich! *(geht ärgerlich ab)*

Schneiderlein:

Nun, das Mus soll mir Gott gesegnen und soll mir Kraft und Stärke geben.
(holt einen Kanten Brot aus dem Schrank, schneidet ihn auf und streicht das Mus darüber)
Das wird nicht bitter schmecken, aber erst will ich den Wams fertig machen, ehe ich anbeiße.
(legt das Brot neben sich und kämpft mit der Versuchung, gleich hineinzubeißen)
Erst die Arbeit, dann das Vergnügen.
(legt das Brot immer weiter weg, macht immer größere Stiche, arbeitet sich in Rage und kommt dabei ins Singen)

> Rühr dich, Nadel, und spute dich,
> Naht für Naht und Stich für Stich.
> He, he, du Schneiderg'sell,
> pack dich nur aus der Höll!
> Wir brauchen keine Kleider,
> es geh' halt, wie es wöll.

(Indes lockt das Mus die Fliegen an. Sie werden durch ein K i n d e r b a l l e t gespielt.)
Mach, daß du fortkommst, Fliege. Das ist mein Essen.
(will sie mit einer Handbewegung verscheuchen)
Du hörst nicht! Bleibst ruhig sitzen! Hallo! – Jetzt bekommt sie gar Besuch.
Und noch eine! Ei. Wer hat euch eingeladen?
(Schneiderlein springt aus der Hölle und jagt sie weg. Sie kommen in größerer Zahl wieder.)
Wollt ihr kein Deutsch verstehen? *(langt nach einem Lappen)*
Wart, ich will es euch geben!
(schlägt zu)
Patsch! Da liegen die Fliegen!

(Zieht ab und zählt)
Eins, zwei, drei, vier, fünf, sechs, sieben! – Bist du so ein Kerl? Das nenn' ich
Tapferkeit! Siebene auf einen Streich! Das soll die ganze Stadt erfahren.
(Er schneidet sich in Eile einen Gürtel und stickt darauf:)
Siebene auf einen Streich!
(bewundert sich groß im Spiegel)
Ei, was Stadt, die ganze Welt soll's erfahren! Der Gürtel paßt wie angegossen.
Die Kammer ist zu eng für meine Tapferkeit. Gleich will ich in die weite Welt
hinaus!
*(Rempelt aus Versehen gegen die Schneiderpuppe, auf der eine kostbare Jacke
hängt. Er zieht die Elle und singt das „Lied vom tapferen Schneiderlein".)*

> Ich bin das tapfere Schneiderlein,
> und kannst du auch heut' noch befehlen und schrein,
> das wird dir schon morgen vergehn, reicher Kunde,
> Denk an meinen Wahlspruch gleich:
> Siebene auf einen Streich!
>
> Lachst du mich aus, herausgeputzter Wicht,
> Kleider machen Leute, doch Helden nicht,
> dazu gehört unser Wissen und Mut,
> Fall auf die Knie! Dein Herz wird weich?
> Siebene auf einen Streich!
>
> Du willst nicht, stellst frech dich und dumm?
> Nun denn, ich schlage dich einfach um
> wie einen alten, morschen Baum.
> Du hast's gesehn und spürst's sogleich:
> Siebene auf einen Streich!

Genug geredet. Was nehm' ich mit?
(sucht durch die Schubladen)
Den Käse.
(steckt ihn ein)
Und den Vogel.

(steckt ihn ebenfalls ein)
Mehr hab' ich nicht.
(nimmt seinen Kanten Brot, beißt davon ab, kauend:)
Ich will den Weg tapfer zwischen die Beine nehmen.
(durch die Tür ab)

VORHANG

1 . Zwischenmusik

Zweites Bild: Die Höhle der Riesen

WALD MIT HÖHLE DER RIESEN. IM HINTERGRUND SITZT EIN GEWALTIGER RIESE UND FLÖHT SICH. SCHNEIDERLEIN KOMMT NICHTSAHNEND AUF DIE SZENE, ER SINGT DAS LIED „IM FRÜHTAU ZU BERGE". DER RIESE HÖRT DAS LIED ZU ENDE AN.

Schneiderlein:

> Im Frühtau zu Berge wir gehn, fallera.
> Es grünen die Wälder, die Höh'n, fallera.
> Wir wandern ohne Sorgen,
> singend in den Morgen,
> noch ehe im Tale die Hähne krähn.
>
> Ihr alten und hochweisen Leut, fallera.
> Ihr denkt wohl, wir wären nicht gescheit, fallera.
> Wer sollte aber singen,
> wenn wir schon Grillen fingen
> in dieser herrlichen Sommerzeit.
>
> Werft ab alle Sorgen und Qual! Fallera.
> Und wandert mit uns aus dem Tal! Fallera.
> Wir sind hinausgegangen,
> den Sonnenschein zu fangen:
> Kommt mit, und versucht es doch selbst einmal.

Riese:

(wenn das Schneiderlein weitergehen will) Halt!

Schneiderlein:

(erschrickt und versucht zu flüchten)
Guten Tag, Kamerad, ich hab's eilig. *(will weg)*

Riese:

Halt!!

Schneiderlein:

Gelt, du sitzest da, und besiehst dir die weitläufige Welt? Ich bin eben auf dem Wege dahin und will mich versuchen. Hast du Lust, mitzugehen? *(will wieder ab)*

Riese:

Halt, sag' ich.

Schneiderlein:

Ich rühre mich ja nicht. Was brauchst du da immer halt zu rufen.

Riese:

Kennst du mich nicht?

Schneiderlein:

Ich hatte nicht das Vergnügen.

Riese:

Gut.

Schneiderlein:

(beiseite) Oja, das kann gut werden.

Riese:

Du sollst mich kennenlernen.

Schneiderlein:

Sehr angenehm.

Riese:

Du bist zwar nur ein Zwerg.

Schneiderlein:

Mein Herr!

Riese:

Schweig. Ja, das bist du. *(steht auf)*

Schneiderlein:

(eingeschüchtert) Kennst du mich?

Riese:

Aber du bist auch ein frecher und anmaßender Geselle, so einfach mir nichts dir nichts in unseren Wald hier einzudringen. *(reckt sich)* Das hat noch keiner sonst gewagt.

Schneiderlein:

Zum Teufel, was soll das werden.

Riese:

Und hast daher eine Lektion verdient.

Schneiderlein:

Ich muß dich bitten, bester Freund.

Riese:

(macht eine Handbewegung)
Aber eine mündliche Lektion genügt nicht,
(Schneiderlein will wieder flüchten, da fällt ihm sein Gürtel ein)
du Lump! Du miserabler Kerl!

Schneiderlein:

(faßt allen Mut zusammen) Das wäre! Da kannst du lesen, was ich für ein Mann bin.

Riese:

(mühsam buchstabierend) Siebene auf einen Streich.
(tritt einen Schritt zurück und bekommt etwas Respekt vor dem Schneiderlein)
Hm.

Schneiderlein:

(vorsichtig auf ihn zu) Wie?

Riese:

Eigentlich hatte ich dir eine Tracht Prügel zugedacht, aber wenn dem wirklich so ist...

Schneiderlein:

(*entschlossen*) Genügt dir das nicht!

Riese:

(*unsicher*) Wir werden sehen.

Schneiderlein:

Ich bin ein friedlicher Mensch und finde keinen Geschmack daran, mich wegen jeder Bagatelle zu schlagen, aber wenn man mich beleidigt...

Riese:

Na, na, du Wurm, wer wird denn gleich eingeschnappt sein. Wollen gütig unsere Kraft messen.

(*Er nimmt einen Stein in die Hand und drückt ihn mit aller Kraft zusammen, daß ein wenig Wasser heraustropft.*)

Das mach mir nach, wenn du Stärke hast.

Schneiderlein:

Ist's weiter nichts? Das ist bei unsereinem Spielwerk. (*tut so als suche er einen Stein und will sich verdrücken*)

Riese:

Mach schon, sonst helfe ich dir.

Schneiderlein:

Ich suche doch schon einen Stein. (*ihm fällt der Käse ein*) Ob ich's mit dem alten Käse probiere?

(*holt ihn heraus und drückt ihn spielerisch, daß der Saft herausläuft*)

Gelt, das war ein wenig besser?

Riese:

(*ist sprachlos, geht um das Schneiderlein herum*) Hm.

Schneiderlein:

(*keck*) Wie, bitte?

Riese:

Gut, (*er nimmt einen weiteren Stein*) aber kannst du das? Einen Stein so weit werfen, daß er mit den Augen kaum noch zu sehen ist?

(wirft den Stein hoch und zählt an den Fingern bis 6, dann erst fällt der Stein wieder herunter)
Nun, du Erpelmännchen, das tu mir nach!

Schneiderlein:

Gut geworfen...

Riese:

(selbstgefällig) Das will ich meinen, Wicht.

Schneiderlein:

...aber der Stein hat doch wieder zur Erde herabfallen müssen, ich will dir einen werfen, der soll gar nicht wiederkommen.
(geht etwas abseits und greift den Vogel aus der Tasche)
Leb wohl, Vöglein. Flieg so hoch du kannst und sag kein piep dabei. *(zum Riesen:)* Paß auf! *(lenkt den Riesen ab)* Eins und zwei und die letzte Zahl heißt ...drei. *(wirft den Vogel überraschend hoch)*
Siehst du? Wie gefällt dir das Stückchen, Kamerad?
(Riese hört am Erdboden)
Steh auf, der kommt nicht wieder.

Riese:

(zähneknirschend) Werfen kannst du wohl, aber nun wollen wir sehen, ob du imstande bist, etwas ordentliches zu tragen. *(führt das Schneiderlein zu einer gefällten Eiche)* Wenn du stark genug bist, so hilf mir den Baum aus dem Walde heraustragen.

Schneiderlein:

Gerne, nimm du nur den Stamm auf deine Schulter, ich will die Äste mit dem Gezweig aufheben und tragen, das ist doch das schwerste.
(Der Riese nimmt den Stamm auf die Schulter. Das Schneiderlein aber setzt sich auf einen Ast und pfeift das Lied „Es ritten drei Schneider zum Tore hinaus" – P a n t o m i m e)

Riese:

(ächzend) Hör, ich muß den Baum fallen lassen.

Schneiderlein:

(springt behende herab, umfaßt den Baum mit beiden Armen, als wenn er ihn getragen hätte)
Du bist ein so großer Kerl und kannst den Baum nicht einmal tragen.
(Der Riese will ihm eine Maulschelle geben, Schneiderlein duckt sich aber geschickt.)

Riese:

(schwer atmend) Sei froh, daß du es mit einem besonnenen Riesen zu tun hast, der sich seiner Stärke wohl bewußt ist. Ein anderer an meiner Stelle hätte sich deiner schon längst entledigt, du Grashüpfer. Hier iß.
(Er hat die Krone eines Krischbaumes heruntergebogen, gibt sie dem Schneiderlein in die Hand und heißt ihn essen. Wenn der Riese den Baum losläßt, schnellt das Schneiderlein mit hohem Bogen in die Luft, landet aber geschickt auf dem Erdboden.)
Was ist das, hast du nicht Kraft die schwachste Gerte zu halten? *(steht breitbeinig vor dem Schneiderlein)*

Schneiderlein:

An der Kraft fehlt es nicht.

Riese:

So.

Schneiderlein:

Ja, meinst du, das wäre etwas für einen, der siebene auf einen Streich getroffen hat? Ich bin über den Baum gesprungen, weil die Jäger da unten in das Gebüsch schießen. Ja. Spring nach, wenn du's vermagst.
(Der Riese macht den Versuch, kommt aber nicht über den Baum und bleibt in den Ästen hängen.)

Riese:

Donnerwetter. Wenn du so ein tapferer Kerl bist, so komm mit in unsere Höhle und übernachte bei uns. Ich will dir eine unverdiente Ehre erweisen und dich bei mir schlafen lassen.

Schneiderlein:

> *(beiseite)* Eine schöne Ehre!
>
> *(laut)* Danke, Freund. *(will ab in die entgegengesetzte Richtung)*

Riese:

> Hier lang.

Schneiderlein:

> Ich hoff, es gibt was Anständiges zu essen.
>
> *(Riese öffnet die Höhle, im Hintergrund ein Riese am Feuer mit den Resten eines gebratenen Schafes beschäftigt.)*
>
> Es ist doch hier viel weitläufiger als in meiner Werkstatt.

2. Riese:

> Was ist denn das für ein Knirps? Ist das ein Mensch oder ein Floh? Und so was bringst du mit für zwei.

1. Riese:

> Wart ab, den kannst du alleine nicht verdauen.
>
> *(zum Schneiderlein:)* Leg' dich in mein Bett und schlaf dich aus.
>
> *(Schneiderlein tut so. 1. Riese geht zum 2., tuschelt mit diesem, dann kommen sie ans Bett nach vorn.)*

2. Riese:

> Wenn das wahr ist, was du von ihm sagst...

1. Riese:

> Glaubst du mir etwa nicht?

2. Riese:

> Siebene auf einen Streich?

1. Riese:

> Wir müssen ihn erschlagen.
>
> *(Schneiderlein räuspert sich. Riesen erschrecken.)*
>
> Du sollst liegenbleiben, hab ich dir gesagt.

Schneiderlein:

Ich wollte euch nur sagen, daß ich schnarche. Hoffentlich stört euch das nicht.

2. Riese:

Sei ruhig jetzt, wir wollen auch schlafen.

(Schneiderlein legt sich wieder hin und beginnt zu schnarchen. Riesen tun so, als gingen sie zur Ruhe, behalten aber ein Auge jeweils offen. Es vergeht Zeit.)

1. Riese:

Schläft er?

2. Riese:

Natürlich, er schnarcht ja.

1. Riese:

Also los, holen wir die große Eisenstange. *(gehen nach hinten)*

Schneiderlein:

(wird wach, guckt unter dem Bett hervor)

Hundemüde bin ich und werde doch dauernd wach. *(kratzt sich)* Ach, das Bett ist zu groß und die kleinen Tierchen lassen einem auch keine Ruhe. Brrr. Hier möchte ich nicht immer schlafen. Am besten lege ich mich für den Rest der Nacht in jene Ecke.

(Schneiderlein schläft in der Nische sofort wieder ein. Die beiden Riesen kehren zurück, schlagen unter lautem Getöse das Bett in der Mitte durch und brechen in ein Freudengeheul aus.)

1. Riese:

Wollen sehen, was von ihm übriggeblieben ist.

2. Riese:

Ja, wollen sehen.

Schneiderlein:

(wird wach, unwillig)

Was ist hier denn für ein Radau am frühen Morgen?

(sieht die Riesen, in den Rücken der Beiden, lustig:)

Hallo, Kameraden, habt ihr gut geschlafen?
(Riesen flüchten. Schneiderlein beguckt sich das zerschlagene Bett. Wandert weiter.)

VORHANG

2 . Z w i s c h e n m u s i k

Drittes Bild: Im Schloß

A: Im Schloßhof, B: Im Schloß

A — Schneiderlein liegt im Gras und schläft. Am Schloßtor zwei Wachen, die vorsichhindösen.

Haushofmeister:

(hinter des Szene) Das ist ja eine schreckliche Wirtschaft! Nichts ist in Ordnung. Es ist geradezu unverzeihlich. *(tritt heraus)* Hapschi! *(nimmt sein Taschentuch)* Ich handle nach dem ausdrücklichen Befehl seiner Majestät und jeder hat mir zu gehorchen. *(sieht die Wachen)* Hört ihr?! Hapschi!

Wachen:

(springen erschrocken auf) Jawohl, Herr Haushofmeister.

Haushofmeister:

Seine Majestät und unsere reizende Prinzessin geruhen in einer halben Stunde eine Audienz zu geben. Und was tut ihr? Nichts! Ihr drückt euch am liebsten in den Ecken herum und eßt euer Brot, ohne es zu verdienen. *(Hofkoch tritt auf)* Ah, lieber Koch, du kommst wie gerufen, geht alles in Ordnung?

Hofkoch:

Vollständig. Ihr könnt außer Sorge sein. *(bietet ihm eine Hühnerkeule an)* Darf ich bitten?

Haushofmeister:

Danke, du glaubst gar nicht, was seit heute morgen wieder alles auf mich einstürmt. Es geht alles drunter und drüber. — Wo bist du denn? Komischer Kautz! — Aber ich vergesse ja ganz die Wege. Wache! Sind die Wege sauber? Sieh nach dem Rasen. Aber gründlich! Daß ich nachher nicht eine Schnecke finde! Ich muß zur Majestät.

1. Wache:

(entdeckt Schneiderlein) Da liegt einer. Auf des Königs Rasen!

2. Wache:

So eine Frechheit! He, du Pöbel, weg da. Verschwinde, sonst ...

1. Wache:

Still, da steht was auf seinem Gürtel. In großen Buchstaben, versuch' es zu entziffern!

2. Wache:

(mit Fernrohr) ,Siebe auf einen Streich'? Soll das heißen, siebene auf einen Streich? Alle Wetter!

1. Wache:

Ach, was will der große Kriegsheld hier mitten im Frieden?

2. Wache:

Das muß ein mächtiger Herr sein! Alle Wetter!

1. Wache:

Wir wollen ihn aufwecken.

2. Wache:

Ein gefährliches Stück! Er trifft siebene auf einen Streich. Ich geh und melde es dem König. Dann wollen wir weitersehen. *(ab nach B)*

B — DER KÖNIG TREIBT UNTER ANLEITUNG DES HAUSHOFMEISTERS FRÜHGYMNASTIK.

2. Wache:

Majestät, draußen schläft einer im Gras, der siebene auf einen Streich erschlägt.

Haushofmeister:

Das kann gut werden. Der bringt uns um, wenn er wach ist.

König:

Mein Gott, ein Held, wohin mit ihm? Was sollen wir nur machen?

Haushofmeister:

Da ist guter Rat teuer, Majestät.

2. Wache:

Man kann die Sache drehen und wenden, wie man will, eins steht fest: wenn ein Krieg ausbrechen sollte, wäre das ein wichtiger Mann, den man um keinen Preis fortlassen darf.

König:

Der Rat ist gut und *(zu Haushofmeister)* gar nicht teuer. Geht mit und bietet ihm, wenn er aufgewacht ist, Kriegsdienste bei mir an.

(Haushofmeister und 2. Wache ab nach A. Der König macht sich zum Empfang bereit.)

A — Haushofmeister und die beiden Wachen sind unschlüssig.

Haushofmeister:

(räuspert sich, das Schneiderlein zu wecken)

Nichts. Ob ich's wage? Man könnte ihn ein wenig mit dieser Feder in der Nase kitzeln? *(Soldaten gucken weg. Er faßt sich ein Herz und tut es.)*

Schneiderlein:

Hapschi! Hallo! Wo bin ich?

Haushofmeister:

Vor dem Schloß des Königs! Mit Ehren seit empfangen. Ich bin der Haushofmeister. Viel vernahmen wir von euren Taten. Der König freut sich, eure Bekanntschaft zu machen und bittet euch, in seine Dienste zu treten. Kommt ins Schloß. Bitte.

Schneiderlein:

Eben deshalb bin ich hierher gekommen. Ich bin bereit, in des Königs Dienste zu treten.

Haushofmeister:

Geht voran. Siebene auf einen Streich! Das habe ich noch nie erlebt.

Schneiderlein:

Ja, meine Feinde sind auch jedesmal wieder überrascht.

B — Schneiderlein, Haushofmeister und die beiden Wachen treten auf.

König:

(geht auf Schneiderlein zu) Mein lieber Held. Ich nehme dich in meine Arme. Sei mir willkommen. Hier hast Du meinen höchsten Orden. Wir werden gut miteinander auskommen. *(bietet dem Schneiderlein einen Platz an)* Wie hast du das gemacht?

Schneiderlein:

Tja, was soll ich groß sagen. Ich sitze so für mich hin, da taucht ein furchtbares Ungeheuer vor meinen Blicken auf. An den Schultern hatte es graue, durchsichtige Flügel. Runde, glatte Glotzaugen sitzen ihm vorn am Kopf. Sechs dünne Beine stecken in dem schwarzen Körper. Als ichs verscheuchen will, erhebt sich das Ungeheuer mit mächtigem Flügelschlag in die Luft und mit gewaltigem Getöse um meinen Kopf herum. Summ, summ, ihr versteht, geht es in einem fort. Kaum daß ich das beflügelte Ungeheuer fortgedrängt habe, erscheint ein zweites gleicher Art, dann ein drittes, viertes, fünftes, sechstes. Doch nicht genug! Ein siebentes erscheint, ebenso geformt wie die anderen, und alle stürzen sich auf meine Stulle –

König:

Wie?

Schneiderlein:

Kurzum, ich wollte sagen, sie stürzen sich hernieder. Da greife ich zum Lappen –

König:

Wie?

Schneiderlein:

Bei meinem Wappen: ich greif' die Elle –

König:

Wie?

Schneiderlein:

Ja, ja, mit Schnelle ein ellenlanges Schwert und erschlage sie. Seitdem heißt mein Wahlspruch bei allen Kämpfen: Siebene auf einen Streich. *(Steht auf.*

26

König erschrickt und steht ebenfalls auf.)
Ich bin bereit, in eure Dienste einzutreten.

König:

Du bist friedlich. Sei mein Gast. Du sollst das schönste Zimmer haben. Ich führe dich, lieber Held. *(beide ab)*

Haushofmeister:

Es ist phantastisch.
(Soldaten treten aus allen Richtungen erschrocken auf.)

1. Soldat:

Habt ihr das gehört?

2. Soldat:

Er tötet sieben.

3. Soldat:

Habt ihr das gehört?

1. Soldat:

Was soll daraus werden?

3. Soldat:

Wär' er nur tausend Meilen weit weg!

2. Soldat:

Wenn wir Zank mit ihm kriegen und er haut zu, so fallen auf jeden Streich siebene.

4. Soldat:

Da kann unsereiner nicht bestehen.

1. Soldat:

Das Pflaster hier wird mir zu heiß. Gehn wir zu einem anderen König.
(König kommt zurück)
Majestät, wir sind nicht gemacht, neben einem Mann auszuhalten, der siebene auf einen Streich schlägt.

König:

Ihr wollt mich verlassen, nein, nie und nimmer.

2. Soldat:

Ja, Majestät, wir bitten um unseren Abschied.

1. Wache:

(zur 2. Wache) Oh, hätten wir den Siebentöter nie gesehen.
(beide schluchzen)

König:

Still, still!

Soldaten:

(brechen in Heulen aus) Ach, Majestät.

König:

Ruhe! Ruhe, meine tapferen Soldaten.

Soldaten:

Majestät, ach.

König:

Still jetzt. Genug gejammert. *(Ruhe. Der König trocknet sich die Stirn und setzt sich auf den Thron.)* O Los der Mächtigen! Gibt es auf Erden etwas Beschwerlicheres als dich! Ist das eine Arbeit und Anstrengung zu regieren. O Gott, o Gott, o Gott! Aber ich getraue mich nicht, ihm den Abschied zu geben, weil ich fürchte, er möge mich samt euch totschlagen und sich auf den königlichen Thron setzen.

Haushofmeister:

Ja, Majestät.

König:

(nachäffend) Ja, Majestät. — Jeder Mensch hat nur für sich zu denken, während ich mich für alle zu beschäftigen habe. O Gott, o Gott, o Gott, ich hab's! Wache, hol den Siebentöter und sag ihm, ich habe ihm einen Antrag zu machen.

2. Wache:

Jawohl, Majestät. *(ab)*

König:

Paßt auf. Ich schicke ihn zu den Riesen. Dann sind wir ihn für immer los. Damit er nichts ahnt, geht ihr nur zur Tarnung mit. Im letzten Moment laßt ihn allein. Seid aber vorsichtig.
(Schneiderlein tritt auf)

Schneiderlein:

Ihr habt mich rufen lassen, König?

König:

Ja, mein Freund, weil du so ein großer Kriegsheld bist, will ich dir ein Anerbieten machen. In einem Wald meines Landes hausen zwei Riesen, die mit Rauben, Morden, Sengen und Brennen großen Schaden anrichten; niemand von uns darf sich ihnen nähern, ohne sich in Lebensgefahr zu begeben. Wenn du diese beiden Riesen überwindest und tötest, so will ich dir meine einzige Tochter zur Gemahlin geben und das halbe Königreich zur Ehesteuer. Bist du einverstanden, lieber Held?

Schneiderlein:

Das wäre so etwas für einen Mann wie mich. Eine schöne Königstochter und ein halbes Königreich wird einem nicht alle Tage angeboten.

König:

Nicht wahr? Meine Soldaten sollen mitziehen und dir Beistand leisten. *(reicht dem Schneiderlein die Hand)*

Schneiderlein:

(schlägt ein) O ja, die Riesen will ich schon bändigen und habe die Soldaten dabei nicht nötig: wer siebene auf einen Streich trifft, braucht sich vor zweien nicht zu fürchten.

König:

Laß dich zum Abschied küssen, mein Freund.
(weint eine feierliche Träne) Auf Wiedersehen.

(Schneiderlein und Soldaten marschieren ab)
Hahaha. Das ist sein Ende.

Vorhang

Pause

Viertes Bild: Tod der Riesen

WALD.
DIE RIESEN SCHLAFEN SCHNARCHEND UNTER EINEM BAUM. HINTER DER
SZENE SIND DIE NÄHERKOMMENDEN SOLDATEN MIT IHREM LIED „ES GEHT
EINE DUNKLE WOLK' HEREIN" ZU HÖREN:

Es geht eine dunkle Wolk' herein;
mich deucht, es wird ein Regen sein,
ein Regen aus den Wolken
wohl in das grüne Gras.

Und kommst du, liebe Sonn', nit bald,
so weset all's im grünen Wald,
und all' die müden Blumen,
die haben müden Tod.

Es geht eine dunkle Wolk' herein;
es soll und muß geschieden sein;
ade, Feinslieb, dein Scheiden
macht mir das Herze schwer.

(Wenn die Soldaten auftreten und die Riesen sehen, brechen sie sofort ab und gehen in Deckung.)

1. Soldat:

Held, vorsichtig.

Schneiderlein:

Bleibt hier nur halten und versteckt euch, ich will schon allein mit den Riesen fertig werden. *(Soldaten verstecken sich)* Na wartet, euch will ich das Vergnügen ein bißchen versalzen. *(Liest beide Taschen voll Steine und steigt damit*

auf den Baum, daß er auf einem Ast direkt über den Beiden zu sitzen kommt.)
So, nun kann's losgehen. *(wirft nach dem ersten Riesen)*

1. Riese:

(erwacht, richtet sich halb auf) Was buffst du mich? *(stößt den 2. in die Seite)*

2. Riese:

Ich buff' dich nicht, schlaf weiter. *(sie legen sich nieder und schnarchen weiter)*

Schneiderlein:

Wir wollen sehen, wie lange. *(wirft nach dem zweiten)*

2. Riese:

Was schlägst du mich?

1. Riese:

Du träumst. Ich schlage dich nicht! Laß die Narrenpossen.
(Kaum daß sie wieder zu schnarchen beginnen, wirft das Schneiderlein erneut.)

2. Riese:

Was soll das, warum wirfst du mich?

1. Riese:

Ich werfe dich nicht!

2. Riese:

Du wirfst mich doch!

1. Riese:

Nein, du wirfst mich!

2. Riese:

Das ist zuviel, du wirfst mich!

1. Riese:

Nein, du!

2. Riese:

Nein, du!

1. Riese:

Ach, streiten wir uns nicht, schlafen wir uns lieber aus. *(Sie schlafen und schnarchen weiter; Schneiderlein veranstaltet nunmehr einen wahren Steinregen.)*

1. Riese:

Das ist zu arg. Jetzt reißt mir die Geduld.

2. Riese:

Ich hab' es längst schon satt. *(Gehen aufeinander los. P a n t o m i m e)*

1. Riese:

Glaubst du, ich lasse mich von dir verhöhnen. *(Wirft den zweiten zu Boden.)*

2. Riese:

Au, das hast du nicht umsonst getan, du Memme, du.

1. Riese:

Da hast du eins.

2. Riese:

Du Lump.

1. Riese:

Da.

2. Riese:

Da.

1. Riese:

Da.

2. Riese:

Da. *(Sie schlagen sich zu Tode.)*

Schneiderlein:

(springt vom Baum herab) So ein Glück nur, daß sie den Baum, auf dem ich saß, nicht ausgerissen haben, sonst hätte ich wie ein Eichhörnchen auf einen anderen springen müssen: doch unsereiner ist flüchtig! *(zieht sein Schwert und versetzt jedem ein paar tüchtige Hiebe in die Brust und baut sich auf)*

He, ihr da, könnt hervorkommen! *(vorsichtig nähern sich die Soldaten)* Nur frisch gewagt, die Arbeit ist getan!

1. Soldat:

Wo sind die Riesen?

2. Soldat:

Sind sie wirklich tot?

3. Soldat:

Da liegen sie und rühren sich nicht.

Schneiderlein:

Ich habe beiden den Garaus gemacht: aber hart ist es hergegangen, sie haben in der Not Bäume ausgerissen und sich gewehrt, doch das hilft alles nichts, wenn einer kommt wie ich, der siebene auf einen Streich schlägt.

1. Soldat:

Seid ihr nicht verwundet?

Schneiderlein:

Das hat gute Wege, kein Haar haben sie mir gekrümmt. Ihr habt gesehen, daß sie erschlagen sind; zurück zum König, der soll Augen machen. *(Soldaten treten an, Schneiderlein hinterher.)*

VORHANG

3 . Z w i s c h e n m u s i k

Fünftes Bild: Des Königs List

Im Schloß. Der König spielt Flöte. Zwei Wachen.

Schneiderlein:

(tritt auf, nach ihm die Soldaten) Grüß Gott, Herr König, da bin ich wieder.

König:

Ach, nein.

Schneiderlein:

Wie's ausgemacht war. Fragt die Soldaten.

1. Soldat:

(hebt die Schultern) Ja, wir fanden die Riesen tot, in ihrem Blute schwimmend. Und ringsum lagen die ausgerissenen Bäume.

König:

So, so.

Schneiderlein:

Gebt mir also die versprochene Belohnung.

König:

Ja, ja, ich freue mich, daß du nicht verwundet bist. Hab tausend Dank!

Schneiderlein:

Schon gut. Gebt mir das halbe Reich und eure Tochter. Dann sind wir quitt.

König:

Gut. Aber ehe du meine Tochter und das halbe Reich erhältst, mußt du noch eine Heldentat vollbringen. In dem Walde läuft ein Einhorn, das großen Schaden anrichtet, das mußt du erst einfangen.

Schneiderlein:

Nun denn. Vor einem Einhorn fürchte ich mich noch weniger als vor zwei

Riesen; siebene auf einen Streich, das ist meine Sache. Gebt mir einen Strick und eine Axt. Dem will ich bald sein Handwerk legen.

König:

O Gott, o Gott! Halt! Mein Freund, aller guten Dinge sind drei.

Schneiderlein:

Wie bitte?

König:

Ja, fang vor der Hochzeit noch das Wildschwein, das im Wald ebenfalls großen Schaden tut. Nicht nur meine Soldaten gehen wieder mit, auch die Jäger sollen dir Beistand leisten.

Schneiderlein:

Gerne, wenn's die letzte Forderung ist. Bin ich einmal dabei, soll's darauf nicht ankommen: das ist ein Kinderspiel. Richtet währenddessen schon die Hochzeit. *(ab)*

König:

Hochzeit, du Narr! Die beiden übersteht er nicht. Hahaha. Das muß gefeiert werden. Hahaha!

Soldaten:

Hahaha!

VORHANG

4. Zwischenmusik

Sechstes Bild: Fang der wilden Tiere

WALD. IM HINTERGRUND EINE KAPELLE.

Schneiderlein:

(in der Hand einen Strick und eine Axt, ruft in die Gasse) Ist dies der Ort?

1. Soldat:

(hinter der Szene) Ja, aber . . .

2. Soldat:

Wir haben Weib und Kind. . .

3. Soldat:

Es ist zwecklos. . .

1. Soldat:

Wir sind nicht genügend gerüstet. . .

3. Soldat:

Und kennen das Einhorn. . .

2. Soldat:

Und das Wildschwein. . .

1. Soldat:

Neulich erst. . .

Schneiderlein:

Schon gut. Wartet da draußen und versteckt euch. Ich will nun sehen, welches Biest mir als erstes über den Weg läuft. *(Das Einhorn tritt auf und springt geradewegs aufs Schneiderlein zu.)*
Sachte, sachte, so geschwind geht das nicht. Moment! *(nimmt sein Taschentuch heraus)* Ich will dich das ABC schon lehren. *(P a n t o m i m e in der Art eines Stierkampfes.)*

ABC, Horn in die Höh!
DEF, na, nun treff!
GHI,   triffst wohl nie?
JKL,   mach doch schnell!
MNO, lauf nicht so!
PQR, fort, du Narr!
STU, Schnauze zu!
VWX, hinterrücks?
YZ,   das mach erst wett!

(Das Einhorn rennt mit aller Kraft gegen einen Baum und spießt sein Horn darin fest.)
Jetzt hab' ich das Vöglein.
(Kommt hinter dem Baum hervor, legt dem Einhorn den Strick um den Hals und bindet es fest. Währenddessen tritt das Wildschwein auf.)
So. Und nun fehlt nur noch das Schwein. *(Das Wildschwein ist mittlerweile bereit; an Schneiderleins Hosenbeinen.)* Hoppla, was sind das denn für Sachen? Hilfe! *(entkommt mit Mühe)*
Komm nur, du wildes Tier, komm fang mich.
(Flüchtet in die Kapelle und, verfolgt vom Wildschwein, gleich wieder zum Fenster hinaus, schlägt die Tür hinter dem Tier zu.)
Hurra! Gefangen! das ging ja noch mal gut. — Soldaten, he! *(Soldaten treten vorsichtig auf.)* Kommt hierher! Seht da hin. – So.

1. Soldat:

Eintreten! Formiert euch! Präsentiert die Lanzen! Stillgestanden! Drei, vier: Hoch der Siebentöter!

Soldaten:

Hoch der Siebentöter! Hoch der Siebentöter! Hoch der Siebentöter…

Schneiderlein:

(winkt ab) Zurück ins Schloß, damit der König keine Zeit hat, sich eine neue List auszudenken.

1. Soldat:

(zeigt zum Einhorn) Was machen wir mit dem da?

Schneiderlein:

Das nehmen wir gleich mit und geben es unterwegs im Zoo ab.

1. Soldat:

Und das Wildschwein…

Schneiderlein:

Kann der Koch holen als Hochzeitsbraten.

1. Soldat:

Abteilung marsch!

VORHANG

5 . Z w i s c h e n m u s i k

Siebentes Bild: Hochzeit

Im Schloß. A: Thronsaal, B: Schlafgemach und Vorraum

A — Der König sitzt mit seinem Hofstaat an einer langen Tafel und feiert. Es wird das Lieblingslied des Königs „Allzeit so so" gesungen.

Alle:

Alleweil ein wenig lustig,
alleweil ein wenig durstig,
alleweil ein wenig Geld im Sack,
alleweil ein wenig Schnupftabak,
allezeit so so.
Man rede was man will,
hab ich nur in der Still
alleweil ein wenig Geld im Sack,
alleweil ein wenig Schnupftabak,
allezeit so so.

Alleweil ein wenig lustig,
alleweil ein wenig durstig,
alleweil ein gutes bayrisch Bier,
alleweil ein schönes Kind bei mir,
alleweil so so.
Man rede was man will,
hab ich nur in der Still
alleweil ein wenig Geld im Sack,
alleweil ein wenig Schnupftabak, allezeit so so.

König:

Liebe Gäste. Feiert, eßt und trinkt. Die Gefahr ist gebannt und so gut als nichts geschehen. Der Siebentöter hat uns die längste Zeit Angst eingejagt. *(Trompetensignal)* Das ist das Signal. *(hebt seinen Becher)* Der Posten hat das Signal gegeben. Jetzt sind sie schon am Horizont zu sehen.

Haushofmeister:

Unsere tapferen Soldaten kehren heim!

König:

Musikanten spielt auf! *(Gibt ein Zeichen, alle beginnen wieder zu singen und bilden Spalier zur Tür.)*

Alle:

Alleweil ein wenig lustig,
alleweil ein wenig durstig,
alleweil ein wenig Geld im Sack,
alleweil ein wenig Schnupftabak...

(Schneiderlein tritt unverhofft auf, Gesang bricht ab.)

Haushofmeister:

Hapschi!

Schneiderlein:

Gesundheit, Herr Haushofmeister. Das ist schön, daß ihr schon so lustig seid, spielt ruhig weiter. Das Einhorn ist hinter der Tür und das Wildschwein zum Schlachten bereit. *(Soldaten kommen verstohlen herein.)*

Soldaten:

Ja, wir haben es mit eigenen Augen gesehen.

König:

(bricht zusammen, gebrochen) Nimm meine Tochter und das halbe Reich. Es sei.
(Hochzeitsmusik setzt ein. Kronleuchter kommen herunter. Glockenläuten. Die Prinzessin tritt auf. Schneiderlein geht ihr entgegen.)

Schneiderlein:

Es sei! *(Schneiderlein und Prinzessin singen das Lied „Es wollte sich einschleichen".)*

Prinzessin: Es wollte sich einschleichen
ein kühles Lüftelein.
Geh hin zu deinesgleichen,
du sollst mein eigen sein.

Beide: Verlassen tu ich dich nicht,
wenngleich das Herze mir bricht.
Treu und beständig sollst du sein,
du sollst mein eigen sein.

Schneiderlein: Ich hört' ein Vöglein pfeifen,
das pfeift die ganze Nacht,
vom Abend bis zum Morgen,
bis daß der Tag anbrach.

Beide: Schließ' du mein Herz wohl in das dein',
schließ eins ins and're hinein,
daraus soll wachsen ein Blümelein,
das heißt Vergißnichtmein.

Prinzessin: In meines Vaters Garten,
da stehn zwei Bäumelein,
das eine trägt die Reben,
das and're Röselein.

Beide: Schließ du mein Herz wohl in das dein',
schließ eins ins and're hinein,
daraus soll wachsen ein Blümelein,
das heißt Vergißnichtmein.

(Geben sich einen Kuß.)

Schneiderlein:

Also wollen wir den Tag feiern, an dem sich solches zugetragen hat. *(Schneiderlein eröffnet mit der Prinzessin den Hochzeitstanz. B a l l e t t.)*
Komm! *(Führt die Prinzessin aus dem Tanz an die Hochzeitstafel, wendet sich*

an den Haushofmeister:) Essen!

Haushofmeister:

Ja, wie, was?

Schneiderlein:

Was gibt's zu essen? *(Haushofmeister guckt sich hilfesuchend nach dem Koch um.)*

Koch:

(eifrig von einem Pergament lesend) Als da sind:

Vorspeisen:	Vergoldete Kugeln aus Pinienkernen. Hühnersuppe mit Klößchen. Kalbsleber mit geschmorten Kastanien.
Erstes Hauptgericht:	Gebackene Seezungen mit holländischer Sauce.
Zweites Hauptgericht:	Gesottener Aal mit orientalischen Gewürzen.
Drittes Hauptgericht:	Gebratener Kapaun mit grünem Salat und eingemachten, geschälten Pflaumen.
Viertes Hauptgericht:	Gegrillte Birkhühner auf Selleriesalat und Pfirsichcreme.
Fünftes Hauptgericht:	Gebackene Lerchen in Orangen- und Mandelmilch.

Dazu Schokoladenauflauf. Goldtorte…

Schneiderlein:

Genug. *(Der Tanz bricht ab.)* Beeilt euch. Ich habe Hunger. *(Alle begeben sich zu Tisch und essen.)*

So! Ich denke, wir heben die Tafel auf, daß wir ins Bett kommen. Unsereiner hat Schlaf nötig. *(Schneiderlein steht mit der Prinzessin auf. Alle ab.)*

B — Nacht. Schneiderlein und Prinzessin liegen im Bett und schlafen.

Schneiderlein:

(Phantasiert und wirft sich hin und her, daß die Prinzessin wach wird.) Junge, mach mir den Wams und flick mir die Hosen, oder ich will dir die Elle über die Ohren schlagen!

Prinzessin:

Oh weh, jetzt merk' ich wohl, in welcher Gasse du geboren bist. *(schluchzt)* Ich Ärmste. *(steht auf)* Eine Königstochter und ein Schneider! *(läuft in den Vorraum)* Vater! Vater!
(Der König tritt eilig auf, im Nachthemd, mit Schlafmütze, in der Hand einen Kerzenhalter.)

König:

Was rufst Du, meine Tochter?

Prinzessin:

Ach, Vater, helft mir von dem Mann. Wie wir zu Bett liegen, hör' ich ihn im Traum sprechen: „Junge, mach mir den Wams und flick mir die Hosen, oder ich will dir die Elle über die Ohren schlagen." Er ist ein Schneider! Steht mir bei.

König:

Es ist unerhört. Es ist nicht zu glauben. Es ist himmelschreiend. Ein Schneider, ganz gewiß. Der Lump. Wir sind ihm aufgesessen. Das soll er büßen. Laß deine Schlafkammer offen und komm mit. Ich rufe den Hof zusammen. Meine Diener sollen hineingehen, ihn binden und auf ein Schiff tragen, das ihn in die weite Welt führt. *(Ab. — Vorsichtig tritt der Koch auf und eilt in das Schlafgemach.)*

Koch:

Junger Herr, junger Herr.

Schneiderlein:

Ja, was gibt's, ich will schlafen und nicht gestört werden. *(Dreht sich auf die andere Seite.)*

Koch:

Junger Herr, so werdet doch wach. Ich flehe euch an! Der König plant einen Anschlag. *(Schneiderlein setzt sich auf.)* Ich hab's mit eigenen Ohren gehört als ich die Reste des Hochzeitsmahls abräumte. Er ruft die Soldaten zusammen. Sie sollen euch im Schlaf überfallen, binden und auf ein Schiff tragen, das euch in die weite Welt führt.

Schneiderlein:

(hellwach) Gut, laß sie nur kommen. *(bedeutet dem Koch abzugehen)* Dem will ich einen Riegel vorschieben. *(Holt sich seinen Degen ins Bett und stellt sich schlafend. — Auftritt König, Haushofmeister, Höflinge und Soldaten, bepackt mit Stricken und Waffen.)*

König:

Vorsicht ist gut, aber zuviel davon ist verderblich. Wir müssen aufs Ganze gehen. Noch ist Zeit dazu. Die Ordnung und das Reich stehen auf dem Spiel!

Haushofmeister:

Aufs Ganze, Majestät?

König:

Und mit allen Mitteln! Sicherheitshalber also Dolche, Pistolen und Kanonen. Habt ihr verstanden?

1. Soldat:

Jawohl, Majestät!

König:

Diesmal soll ihn nichts retten und uns nichts hindern. Es ist gleich Mitternacht. Pünktlich beim letzten Glockenschlag. Sprecht mir nach *(mit erhobener Hand)*:
Bei meinem Leben schwöre ich —

Alle:

Bei meinem Leben schwöre ich —

König:

Der Siebentöter wird gebunden.

Alle:

Der Siebentöter wird gebunden.

König:

(reibt sich die Hände) Noch in dieser Nacht.

(Der König zieht sich zurück. Die Höflinge und Soldaten formieren sich. Wenn die Uhr zu schlagen beginnt, schleichen sie zu den Schlägen p a n t o m i - m i s c h ins Schlafgemach und umstellen das Bett.)

Schneiderlein:

(beim letzten Glockenschlag, so daß alle erstarren:)

Junge, mach mir den Wams und flick mir die Hosen, oder ich will dir die Elle über die Ohren schlagen! Ich habe siebene mit einem Streich getroffen, zwei Riesen getötet, ein Einhorn fortgeführt, und ein Wildschwein gefangen, und sollte mich vor denen fürchten, die vor meinem Bette stehen!

(Er springt auf, zieht den Degen, alle ergreift Panik. Großes Gefecht. Wenn der letzte unter Schlägen die Flucht ergriffen hat, tritt Stille ein. Schneiderlein geht das Schlachtfeld ab und bleibt stehen.)

Also bin ich *(sein Blick fällt auf die Königskrone, die der König verloren hat, hebt sie auf und setzt sie sich auf)* der König.

VORHANG

Ende.

English Version

All Rights Reserved

Professionals and amateurs are hereby warned that *The Brave Little Tailor* is subject to a royalty. It is fully protected under the copyright laws of Germany, the member states of the European Union, the United States of America, the British Commonwealth, including Canada, and all other countries of the Copyright Union.

All rights, including professional, amateur, motion picture, recitation, lecturing, public reading, radio broadcasting, television, and the rights of translation into foreign languages are strictly reserved. Copying from this script in whole or in part is strictly forbidden by law, and the right of performance is not transferable. In its present form the play is dedicated to the reading public only.

Due authorship credit must be given on all programs, printing and advertising for the play. Royalty of the required amount must be paid whether the play is presented for charity or gain, and whether or not admission is charged.

No changes shall be made in the play for the purpose of production unless authorized in writing. The contract of production has to be signed by the management of the theatre and the author one week before the start of rehearsals.

Characters

The Little Tailor   King
The Farmer's wife   #1 Soldier
Flies   #2 Soldier
First Giant   #3 Soldier
Second Giant   #4 Soldier
First Guard   Unicorn
Second Guard   Wild Boar
Imperial Steward   Courtiers
Cook   Princess

7 scenes — music — songs (with the exception of two older folksongs)

First Scene: In the Workshop

Small attic. Living space and workshop of the little tailor. In front of the window a table with a space behind the stove. Summer morning.

Little Tailor:

A string of thread. Wetted and made into a point. The needle in the left hand. The thread in the right. The needle held to the sun. The eye of the needle caught by the eye. Well aimed. And then a knot. Work can start! *(Sews and sings the song "Tailor's descent into hell.")*

1. On Monday as a tailor was wandering in the early morn,
    The devil encountered him, who had neither stocking nor shoe:
    Hey, hey, you tailor guy, you gotta go with me into hell,
    To outfit us devils, come what may!

2. And when the tailor descended into hell, he took out his mea-
           suring stick
    And went around hell up and down until he was full up to here.
    Hey, hey you tailor guy, get out of hell!
    We don't need any measuring, come what may!

3. After he had measured them all, he took his long shears
    And shortened the devils' tails so that they jumped all around.
    Hey, hey, you tailor guy, get out of hell.
    We don't need any shortening, come what may!

4. Then he took out his iron and threw it into the hellfire;
    He ironed the wrinkles out of the devils; they put up a grand
           howl:
    Hey, hey, you tailor guy, get yourself out of hell!
    We don't need any ironing, come what may!

5. With that he took needle and thimble and began to stitch;
    He sewed the devils noses closed, as tight as he could.
    Hey, hey, you tailor guy, get out of hell!
    Now we can't pant anymore, come what may!

6. Thereafter, Lucifer himself came and said: "He's a holy terror;
    "All the devils are tail-less. Chase him out of hell!"
    Hey, hey, you tailor guy, get out of hell!
    We don't need any clothes, come what may!

7. Only after he had packed up did he really feel good and carefree;
    He skipped and jumped and laughed his head off;
    Scurried out of hell and stayed a tailor guy;
    That's why the devil grabbed no more tailors,
    Though he could steal as many as he wanted.

Farmer woman:

(background) Good jam for sale! Good jam for sale!

Little Tailor:

(listening) Jam? Sounds sweet to the ears. Sweet jam! A good breakfast keeps body and soul together.

Farmer woman:

(background) Jam, good jam for sale!

Little Tailor:

(bends to look out the window) Up here, dear lady, you can get rid of some of your wares here.

Farmer woman:

(background) Who's calling? Where are you?

Little Tailor:

(gestures) Me, up here, farmer lady. I'd like to see your goods.

Farmer woman:

(background) Oh woe, way up there!

Little Tailor:

Yeah. Up here. I'm looking for some sweet jam. *(to himself:)* I am really powerfully hungry.

Wheezing, the farmer woman appears. She is carrying a massive basket with stone jars.

Farmer woman:

Here I am. Good morning, little tailor. These stairs. *(Puts the basket down.)* Three long flights up under the roof. My lungs. All that at my age.

Little Tailor:

Yes, well, good morning, dear lady. You can unload all your jars here. I'm going to do myself proud with jam today.

Farmer woman:

I can do some jam business with you today. Usually pretty spare sales in this city. We've got real fresh wares here from my own garden *(She takes a jar from the basket and sets it on the table in front of the tailor.)* Here we have an apple jam. Tasty, I'll tell you. Every kind of apple, even unripe fruit and what's fallen can be used, and you cook the jam as long as there are apples; and the finer and more variegated the fruit, the more aromatic the jam. Can you smell it? Tickles the nose, doesn't it?

Little Tailor:

Hm. Not bad. Show me what else you have.

Farmer woman:

Quince jam. *(Puts the second jar on the table.)* Really yummy especially for connoisseurs. The quinces are quartered, peeled, bad spots removed, blossoms, and stems, put into water right after peeling, so that they keep their white color and get no brown spots. Then you put sugar and wine vinegar on the heat, add scraped lemon peels, a little piece of cinnamon and a little clove. It's all simmered together until you can pierce the quince with a fork easily. Then you pass them through a sieve. That's how you get the finest quince jam. What do you think?

Little Tailor:

It is all so mouth-watering, just to look at it. And then the description!

Farmer woman:

Isn't that right? You can already taste it.

Little Tailor:

Right. Let's see some more.

Farmer woman:

Here we have plum jam. *(Pulls out the third jar.)* Now this is really tasty and has pizzazz. Just 30 pounds of plums come into the pot. And each single one is rubbed clean and pitted. They're put into a clear copper pot and brought to boil and stirred regularly with a long, wooden spoon until they have reached the proper thickness. Do you know what that means? The fire cannot be too hot, but has to be kept at a constant heat so that the fruit stays cooking at the right temperature while being stirred. That is a work of art, I tell you, and takes time. Only then can you add sugar, stirring until it has dissolved, and then remove the pot from the fire. To 10 pounds of jam my recipe calls for 1 dram of ground clove and $\frac{1}{2}$ dram of ground cinnamon.

Little Tailor:

That may well be true. My appetite is increasing as we speak. The jam looks good to me, weigh out 2 ounces for me dear lady, even if it comes to a quarter pound, give or take, it's alright with me.

Farmer woman:

What? 2 ounces?

Little Tailor:

Make it a quarter pound, I'll take the lot.

Farmer woman:

Three flights of stairs I climb with my heavy basket. My heart is still pounding in my throat. All that for just a quarter pound!

Little Tailor:

Don't get excited, dear lady. Here is a groschen, take it in good health.

Farmer woman:

Of all the?! *(angrily leaves)*

Little Tailor:

Well, this jam is heaven blessed and ought to give me strength and fortitude. *(takes a partial loaf of bread from the cupboard, cuts a piece and spreads jam on it.)*
That shouldn't taste bitter, but first I'll finish the vest, before I bite into it. *(Lays the bread down next to him and fights the temptation to bite into it.)*
First the work and then the pleasure.
(Lays the bread even farther away, makes even larger stitches, works himself into a frenzy and starts singing.)

> Move yourself, needle and hurry,
> seam for seam and stitch for stitch.
> Hey, hey, you tailor guy, get out of hell!
> We don't need any clothes; it goes the way it goes.

(Meanwhile, the jam attracts flies. They are played by a children's ballet.)
Hey, get out of here, fly. That's my food. *(tries to scare them off with a hand movement)* You're not listening! OK, just sit there! Look there! Now he's getting company! And another one! Hey, who invited you?

(The little tailor jumps out from behind the stove and chases them away. But they reappear in larger numbers.)
Don't you understand English? *(Grabs for a rag.)* Just wait; I'll let you have it! *(Swats)* Whap! Got the flies! *(removes them and counts)* one, two, three, four, five, six, seven! Aren't you some kind of stud! That's what I call heroics! Seven of them in one fell swoop! Everyone in town ought to hear about this. *(He hastily cuts himself a belt from a strip of leather and carves into it:)* Seven in one fell swoop! *(admires himself in the mirror)* Hey, what do I mean, the town, the whole world should hear about it! The belt fits like a dream. This little room is much too small for my heroics. I've got to get out into the big wide world.

(Accidentally bumps into the manikin upon which an expensive jacket hangs. He takes the yardstick and sings the "Song of the brave little tailor.")

I am the brave little tailor
And you, rich client, can yell and rail
That will all pass tomorrow
And that's no joke:
Seven in one stroke!

Laugh at me you little scrubbed out zero
Clothes make the man, but not a hero
For that you need knowledge and courage
Fall to your knees! Your heart is nearly broke?
Seven in one stroke!

You don't want to, eh, you just stand there cocky and dumb
Well, then, I'll just knock you on your bum
Like an old, rotten tree
You have seen it and now will croak:
Seven in one stroke!

Enough of this. What shall I take along?
(Looks through the drawers.)
The cheese.
(Packs it in.)
And the bird.
(Puts it in also.)

I have nothing else.
(Takes a hunk of bread, and bites a piece off, chewing.)
I'm going to set out with courage.
(Leaves through the door.)

CURTAIN

1ˢᵗ Music Interlude

Second Scene: The Giant's Cave

FOREST WITH GIANTS' CAVE. IN THE BACKGROUND A POWERFUL GIANT
SITS AND PICKS HIS FLEAS. THE LITTLE TAILOR APPROACHES THE SCENE
UNSUSPECTINGLY; HE SINGS THE SONG: "IN THE EARLY MORNING IN THE
MOUNTAINS."
THE GIANT LISTENS TO THE SONG ALL THE WAY TO THE END.

Tailor:

    We go over dew-sprinkled hills, fallera,
    which borrow from emeralds their hue, fallera.
    And sorrows we have none,
    sing to the morning sun,
    ere the roosters crow in the valley.

    The old and the wise may smile, fallera,
    we are not as sensible as they, fallera.
    But who would sing
    about young spring
    if we were as smart as they?

    Shake off all your cares and your woes! Fallera.
    And hike with us from the valley floor! Fallera.
    For far we wander
    to catch the sun,
    Come along, you too will be reborn.

Giant:

    (as soon as the little tailor tries to move on) Halt!

Tailor:

    (startled and attempts to flee) Good morning, friend, I'm in a hurry. *(tries to leave)*

Giant:

> Halt!

Tailor:

> So. You sit there and contemplate the wide, wide world? While I am on my way to explore it. Want to come along? *(Tries to leave again)*

Giant:

> Halt, I say.

Tailor:

> I'm not moving. Why do you need to keep yelling 'halt'?

Giant:

> Don't you know who I am?

Tailor:

> I haven't had the pleasure.

Giant:

> Good.

Tailor:

> *(aside)* Oh, boy. This can get good.

Giant:

> You should get to know me.

Tailor:

> Pleased, I'm sure.

Giant:

> You're nothing but a dwarf.

Tailor:

> Not at all, my good man!

Giant:

> Quiet. Yeah, that's just what you are. *(stands up)*

Tailor:

> *(Cowed)* Do you know me?

Giant:

You're nothing but a fresh and presumptuous type who quite simply pushed his way into our woods here. *(Stretches)* Nobody else has ever dared do that.

Tailor:

What the devil does this mean?

Giant:

And you need to be taught a lesson.

Tailor:

I must say, my friend.

Giant:

(makes a movement with his hand) But an oral lesson is not enough, *(little tailor tries to flee again, but then he remembers his belt)* You scoundrel! You miserable twerp!

Tailor:

(gets all his courage up) That's it! Twerp, eh? Just read here what kind of a man I am.

Giant:

(spells it out with difficulty) Seven in one fell swoop. *(Steps back a step and shows some respect for the little tailor.)* Hm.

Tailor:

(carefully goes to him) Well, what is it?

Giant:

Actually I had a good mind to give you a thrashing. But if that is true?

Tailor:

(determined) Isn't that proof enough?

Giant:

(unsure) We'll see.

Tailor:

I am a peace-loving person and find no pleasure in striking out because of a

61

trifling, but when someone insults me?

Giant:

Well, now, you little worm, let's just see who takes offense. Shall we see who's tougher? *(He takes a stone in his hand and crushes it with all his might so that water drops from it.)* Let's see if you can do that, if you've got the strength.

Tailor:

Is that all? That's child's play. *(Acts as if he was looking for a stone, tries to slink away.)*

Giant:

Get on with it. Want me to help?

Tailor:

I'm still looking for a stone. *(Remembers the cheese.)* Should I try it with the old cheese? *(Pulls it out and playfully squeezes it, until juice comes out.)* See, isn't that a little better?

Giant:

(speechless, he walks around the little tailor) Hm.

Tailor:

(cocky) Well?

Giant:

OK, *(he chooses still another stone)* but can you do this? Throw a rock farther than the eye can see? *(Throws the rock into the air and counts to six on his fingers. Only then does the rock fall to the ground.)* Well, you squat little dud, you do it now.

Tailor:

Nice toss?

Giant:

(self satisfied) I should think so.

Tailor:

But the rock fell back down to earth; I'll throw you one that will never come down. *(Goes to the side and pulls the bird out of the bag.)* Fare well, little bird. Fly as high as you can and don't make a peep. *(To the Giant:)* Watch this! *(diverts the Giant)* One and two and the last number is? Three! *(throws the bird unbelievably high)* Do you see? How do you like that, friend? *(The giant listens on the ground)* Stand up, it won't come down again.

Giant:

(grinding his teeth) So you can throw, but now we want to see how well you can carry something significant. *(Leads the little tailor to a felled oak tree.)* Let's see if you're strong enough to help me carry this tree out of the forest.

Tailor:

Gladly. You put the trunk on your shoulder and I'll lift up and carry the branches and the rest; that's the real heavy part. *(The giant puts the trunk on his shoulder. But the little tailor sits on a tree branch and whistles the song, "As the three tailors ride out the gate." P a n t o m i m e)*

Giant:

(grunting) Listen, I'm going to have to let the tree down.

Tailor:

(Jumps nimbly down, grabs the tree with both arms, as if he had been carrying it.) You're such a big guy and can't even carry the tree. *(The giant tries to box his ears, but the tailor adroitly ducks.)*

Giant:

(breathing heavily) You should be happy that you're dealing with a reasonable giant, who is well aware of his own strength. An other one would have finished you off a long time ago, you grasshopper. Here, eat! *(He bends down the top of a cherry tree, puts it into the tailor's hand, and tells him to eat. When the giant lets go of the tree top, the tailor flies through the air, but lands skillfully on his feet on the ground.)* What is that? Don't you have the strength to hold onto this little sapling? *(Stands spread-legged before the tailor.)*

Tailor:

> I don't lack any strength.

Giant:

> So.

Tailor:

> Do you think that would be a problem for a guy who took out seven with one stroke? I jumped over the tree because the hunters down there are shooting into the bushes. That's why. Jump over it yourself, if you can. *(The giant makes an attempt, can't make it over the tree, and lands in the branches.)*

Giant:

> Blast it all, if you are such a courageous guy, why don't you come and stay overnight in our cave with us. I want to give you an undeserved honor and let you sleep next to me.

Tailor:

> *(aside)* Some honor! *(Loud)* Thanks, my friend. *(Starts to go off in the opposite direction.)*

Giant:

> It's this way.

Tailor:

> I hope there's something decent to eat. *(Giant opens the entrance to the cave; in the background another giant sits next to a fire, busy with the remains of a roasted lamb.)* It's a lot roomier here than in my workshop.

#2 Giant:

> What kind of a pygmy is this? Is it a man or a flea? Is that what you brought back for the two of us?

#1 Giant:

> Just wait, you won't be able to digest this one by yourself. *(to the tailor:)* Go and lie on my bed and get a good sleep. *(Tailor does it.)* *(#1 Giant goes to #2, whispers to him, and then they both approach the bed in front.)*

#2 Giant:

If it's true what you say about him?

#1 Giant:

You don't believe me?

#2 Giant:

Seven in one stroke?

#1 Giant:

We've got to do him in. *(Tailor clears his throat. Giants are startled.)* You just stay where you are, like I told you.

Tailor:

I just wanted to tell you two, that I snore. I hope it won't disturb you.

#2 Giant:

Just be quiet. We want to get some sleep too.
(Tailor lies back down and begins to snore. The giants make like they are settling in to sleep, but each keeps an eye open. Time passes.)

#1 Giant:

Is he asleep?

#2 Giant:

Of course, listen to him snore.

#1 Giant:

Let's go get the big iron bar. *(Go to the rear of the cave.)*

Tailor:

(Wakes up, looks out from under the bed.) I'm tired as a dog, but I can't sleep. *(Scratches himself.)* Whew, the bed is too big and the little beasties in the mattress give no peace. Brrr. I wouldn't want to sleep here for any length of time. I think I'll just lie down in that corner for the rest of the night. *(Little tailor falls asleep immediately in the corner.)*
(The two giants return, pound the bed in the middle with the bar and break out in a loud howl of joy.)

#1 Giant:

I'd like to see what's left of him now.

#2 Giant:

Yeah, we'll see.

Tailor:

(wakes up, unwillingly) what kind of a hullabaloo is going on so early in the morning? *(Sees the giants, calls to their backs, jovially:)* Hello friends, how did you sleep? *(Giants flee, tailor looks over the destroyed bed and travels on.)*

CURTAIN

2nd Music Interlude

Third Scene: The Castle

A: In the castle courtyard / B: In the castle

A — The little tailor lies in the grass and sleeps. At the castle gates two dozing guards.

Royal steward:

(in the background) What a horrible way to run an operation! No order anywhere. Just inexcusable. *(Steps out.)* Achoo! *(Takes out his handkerchief.)* I operate according to the express orders of his majesty and it's up to everyone to obey me. *(sees the guards)* Do you two hear?! Achoo!

Guards:

(jump up, startled) Yessir, your excellence, the steward.

Steward:

His majesty and his charming princess deign to give an audience in half an hour. And what are you two doing? Nothing! You would much prefer to hide in a corner and munch on your bread without earning it. *(The court cook appears.)* Ah, yes, dear chef, you come as if summoned, is everything in order?

Cook:

Completely. Put your mind to rest. *(Offers him a chicken leg.)* May I offer you?

Steward:

Thanks. You can't believe what has befallen me since early this morning. Everything is topsy turvey. Where are you? You oddball. But I'm forgetting the pathways. Guards! Are the pathways clean? Look to the lawns. And thoroughly! I don't want to find a single snail anywhere! I'm off to see his majesty.

#1 Guard:

(*Discovers little tailor.*) What's he doing lying on the king's lawn!

#2 Guard:

What cheek! Hey there, hobo, beat it. Out, or?

#1 Guard:

Wait, what's that on his belt. In large letters, try to read it!

#2 Guard:

(*with binoculars*) 'Seven in one stroke.' Does that mean seven in one hit? I'll be!

#1 Guard:

What does a war hero want here in times of peace?

#2 Guard:

He must be some fighter! I'll be!

#1 Guard:

Let's wake him up.

#2 Guard:

Oo, that's dangerous. He got seven in one stroke. I'm going to go tell the king... Then we'll see. (*Exits to B.*)

> B — THE KING IS DOING AN EARLY WORKOUT UNDER THE DIRECTION OF THE COURT STEWARD.

#2 Guard:

Your majesty, there's a guy sleeping on the grass outside who took out seven in one fell swoop.

Steward:

That can get good. He'll do us all in when he wakes up.

King:

My God, a hero. What to do with him? What should we do?

Steward:

Good counsel doesn't come cheap, majesty.

#2 Guard:

You can put any kind of spin on it you want, but one thing is sure, if ever a war breaks out, he would be an important man you don't want to lose at any price.

King:

Now that's good thinking and *(to the steward)* not at all pricey. Go along with the guard and wake him and offer him to come into our service. *(Steward and #2 Guard exit to A. The king prepares himself to receive the tailor.)*

A — Steward and both guards are undecided.

Steward:

(Clears his throat, in order to wake the little tailor.) Nothing. Do I dare? Couldn't I tickle him a bit under the nose with this feather? *(The soldiers look away. He screws up his courage and does it.)*

Tailor:

Achoo! Hey, where am I?

Steward:

In front of the king's castle! Consider yourself warmly received. I am the court steward. We have learned a lot about your deeds. The king is pleased to make your acquaintance and offers you to come into his service. Be so kind as to come into the castle.

Tailor:

That's why I came. I am quite prepared to enter the king's services.

Steward:

Please, you first. Seven in one stroke. I have never heard of such a thing.

Tailor:

Yes. My enemies have also been surprised every time.

Third Scene: The Castle

King:

(Approaches the tailor.) My dear hero. I embrace you. Welcome! Here, take my highest decoration. We'll get along splendidly. *(Offers the tailor a seat.)* How did you ever do that?

Tailor:

Well, what can I say? I was just sitting there and up comes this monster into view. It had gray, transparent wings on its shoulders. There were round, flat staring eyes perched in front on his head. He had six thin legs sticking out of his black body. When I tried to shoo him away, the monster lifted off with such a powerful wing flapping into the air and with such a deafening roar around my head. Buzz, buzz, you understand; gets to you after a while. I had hardly driven off that winged beast, when a second just like it appeared, and then a third and a fourth, fifth and sixth. But that wasn't enough even. A seventh appeared, formed like the others, and all of them headed for my bread and butter.

King:

How was that?

Tailor:

That is to say, they dived down toward me. And I grabbed for my cloth —

King:

What?!

Tailor:

That was next to my weapon: I grabbed for my measuring —

King:

How was that?

Tailor:

With all measured speed, I grabbed for my yardstick long sword and did them in. Ever since then my motto has been in all conflicts: seven in one stroke. *(Stands up. King is startled and stands up as well.)* I am prepared to come into your service.

King:

You are a peaceable fellow. Be my guest. You shall have the nicest room. I will personally show it to you, my dear hero. *(Both exit.)*

Steward:

That is fantastic. *(Soldiers appear from all directions thoroughly frightened.)*.

#1 Soldier:

Did you hear that?

#2 Soldier:

He killed seven.

#3 Soldier:

Did you all hear that?

#1 Soldier:

What's to become of that?

#3 Soldier:

I wish he were a thousand miles away from here!

#2 Soldier:

If we ever get into it with him and he starts swinging his sword, he'll do in seven with one stroke.

King:

So you want to desert me. No, never, not ever.

#2 Soldier:

Yes, majesty, we request our leave.

#1 Guard:

(To the second guard:) I wish we had never seen this seven killer. *(Both start sobbing.)*

King:

Be quiet. Quiet!

Soldiers:

(break out in bawling) Oh, majesty.

King:

Quiet, I say, my brave soldiers.

Soldiers:

Oh, Majesty.

King:

Enough blubbering. Be still. *(Quiet. The king wipes his forehead and sits on the throne.)* O, the fate of the powerful! Is there anything on earth more burdensome than you? Is ruling ever a job and a strain. O God, o God, o God! But I don't dare to let him go, because I fear he really wants to do me in with all of you and take over the throne.

Steward:

Yes, majesty.

King:

(Imitating the steward.) Yes, majesty. Every one you has to think just for yourself, while I have to deal with all the possibilities. O, God, O, God, o God, I've got it. Guard, bring me the seven killer and tell him I have a proposition for him.

#2 Guard:

Yes, majesty. *(Exits.)*

King:

Listen up. I'm going to send him to the giants. Then we'll be rid of him for good. Just so he doesn't suspect anything, you all go with him to hide my plan. In the last minute, leave him to his own devices. But be careful. *(Tailor appears.)*

Tailor:

Did you call for me, king?

King:

Yes, my friend, since you are such a war hero, I want to make you an offer. In a forest in my lands two giants make their home. They cause me no end of grief with their robbing, murdering, burning and laying waste of my land. No one of us dares get close to them for fear of their lives. If you could overcome and kill these two giants, I will give you my daughter in marriage and one half of my kingdom as her dowry. Do you agree to this, my dear hero?

Tailor:

This job would be something for a man like me. You don't get offered a king's daughter and half a kingdom every day.

King:

That's true, isn't it? My soldiers will accompany you and provide aid. *(Gives the tailor his hand.)*

Tailor:

(Shakes hands on the bargain.) O yeah, I'll put those giants in their place, and I won't be needing the soldiers. After all, when you do in seven in one fell swoop, you don't worry about a mere two.

King:

Allow me to embrace you as you depart, my friend. *(Cries solemn tears.)* Fare well.
(Tailor and soldiers march off.)
Ha, ha. That's the end of him.

CURTAIN

Intermission

Fourth Scene: Death of the Giants

FOREST.

THE GIANTS SNORE IN THEIR SLEEP UNDER A TREE. IN THE BACKGROUND
THE APPROACHING SOLDIERS CAN BE HEARD SINGING THEIR SONG, "A DARK
CLOUD APPROACHES."

Soldiers:

> A dark cloud approaches
> I think a rain encroaches
> A rain from the clouds
> Streaming onto the green grass.
>
> And if you, dear sun, don't come soon,
> All in the green forest is doomed
> And all the tired flowers
> Will have a tired death.
>
> A dark cloud approaches;
> It's time its presence broaches
> Fare well, dear love, your leaving
> Lies heavy on my heart.

When the soldiers approach and see the giants, they stop short and go into cover.

#1 Soldier:

Hero, be careful.

Tailor:

You all stay here and hide yourselves, while I go alone and deal with the
giants. *(Soldiers go into hiding.)* Just wait, I'm going to spice up your pleasure

a bit. *(Crams both pockets full of rocks and climbs up a tree, so that he comes to sit on a branch right above the two giants.)* Now we can start. *(Throws a rock at the first giant.)*

#1 Giant:

(Wakes up, gets up on his elbows.) What was that about? *(Pokes the second giant in the side.)*

#2 Giant:

I didn't do anything, go to sleep. *(They lie back down and snore off to sleep.)*

Tailor:

Let's see how long. *(Throws a rock at the second giant.)*

#2 Giant:

What are you hitting me for?

#1 Giant:

You're dreaming. I didn't hit you! Knock off the foolishness. *(They hardly get to sleep when the tailor throws more stones.)*

#2 Giant:

What's going on? Why are you hitting me?

#1 Giant:

I'm not!

#2 Giant:

You are!

#1 Giant:

No, you're hitting me!

#2 Giant:

That's enough, you hit me!

#1 Giant:

No, you did!

#2 Giant:

Did not, you did!

#1 Giant:

Let's stop arguing and get some sleep. *(They drop off to sleep again and begin their snoring; Tailor starts a virtual rain of rocks.)*

#1 Giant:

That is enough. I have had it.

#2 Giant:

You? I've put up with it much too long. *(Go at each other. P a n t o m i m e)*

#1 Giant:

Do you think I'm going to let you mock me like this? *(Throws the second Giant to the ground.)*

#2 Giant:

Ow! You did that on purpose, you coward you.

#1 Giant:

Take that.

#2 Giant:

Scoundrel.

#1 Giant:

There. Take that

#2 Giant:

And there.

#1 Giant:

There.

#2 Giant:

There. *(They beat each other to death.)*

Tailor:

(Jumps down from the tree.) What luck that they didn't tear out the tree I was sitting in. Otherwise I would have had to jump to another one like a squirrel. But our kind is quick! *(Draws his sword and gives the giants a few hefty jabs in the chest and draws himself up to his full height.)* Hey, you there,

you can come out now! *(The soldiers cautiously approach.)* No risk here, the work is already finished!

#1 Soldier:

Where are the giants?

#2 Soldier:

Are they really dead?

#3 Soldier:

They're lying over there and not moving.

Tailor:

I showed them what's what, but it was tough. They tore out trees to defend themselves with, but nothing was of any use against a guy like me, who did in seven in one stroke.

#1 Soldier:

Aren't you even wounded?

Tailor:

It all went so smoothly, they didn't touch a hair on my head. You see that they were finished off. Now it's back to the king. Won't he be surprised? *(The soldiers withdraw, followed by the tailor.)*

CURTAIN

3rd Music Interlude

Fifth Scene: The King's Guile

IN THE CASTLE. THE KING IS PLAYING THE FLUTE. TWO GUARDS.

Tailor:

(Enters, followed by the soldier.) Howdy, King, here I am again.

King:

Oh no.

Tailor:

Just like we agreed. Ask the soldiers.

#1 Soldier:

(Shrugs his shoulder.) Yes, we found the giants dead, swimming in their own blood. And all around lay the uprooted trees.

King:

I see.

Tailor:

So, give me the promised reward.

King:

Yes, sure, I am happy that you weren't wounded. A thousand thanks!

Tailor:

Sure. Give me half of the kingdom and your daughter. And then we're square.

King:

Right. But before you get my daughter and half of the kingdom, there's another heroic deed to be done. In the forest a unicorn is running amok, causing untold destruction, which you first must capture.

Tailor:

Well, then. I am even less afraid of a unicorn than I am of two giants; seven in one stroke, that's my thing. Give me a rope and an axe. I'll make short work of him.

King:

Oh God, oh God. Stop! My friend, all good things come in threes.

Tailor:

What was that?

King:

Yes. Before the wedding, be so good and catch the wild boar that is also causing such great destruction in the forest. Not only my soldiers, but also the court hunters will offer you assistance.

Tailor:

Sure, gladly, if that is the last demand. While I'm at it that won't make any difference: that's child's play. In the meantime prepare the wedding. *(Exits.)*

King:

Wedding, you fool! He'll never survive those two tasks. Hahaha. We'll have to celebrate that. Hahaha!

Soldiers:

Hahaha!

CURTAIN

4th Music Interlude

Sixth Scene: Capture of the Wild Beasts

Forest. In the background a chapel.

Tailor:

(In his hand a rope and an axe. Calls into the road.) Is this the place?

#1 Soldier:

(Background) Yes, but?

#2 Soldier:

We have wives and children?

#3 Soldier:

It's pointless?

#1 Soldier:

We don't have the right equipment?

#3 Soldier:

We're familiar with the unicorn?

#2 Soldier:

And the wild boar?

#1 Soldier:

Just recently?

Tailor:

All right. Just wait over there and hide. I want to see which of these beasts crosses my path first. (The unicorn enters and jumps directly for the tailor.) Easy, easy, not so fast. Wait a minute! (Takes out his handkerchief.) I am going to teach you the ABCs
(P a n t o m i m e in the manner of a bull fight.)

ABC, Horn above your knee!
DEF,   hit to the left
GHI,   missed by a mile
JKL,   move faster than a snail.
MNO, don't run so
PQR,   go away far
STU,   quiet now, you
VWX, behind our backs?
YZ,   bet me!

(The unicorn runs with all its might into a tree and gets his horn stuck solidly into it.)
Now I've got you, little pet.
(Comes from behind the tree and places the rope around the unicorn's neck and ties it firmly. At the same time the wild boar appears.)
Now the only thing missing is the wild boar. *(Meantime the wild boar has come as close as the tailor's pant leg.)*
Whoops! What's this? Help! *(Escapes with much effort.)* Come on you wild thing, catch me if you can. *(Flees into the chapel, followed by the wild boar and climbs immediately out a window, closing the door behind the animal.)* Hurray! Got him! That went pretty well. Hey, soldiers *(Soldiers enter cautiously.)* come here! Look over there. So.

#1 Soldier:

Fall in, and form up! Present your lances! Attention! *(Counting)* Three, Four: Cheers to the seven killer!

Soldiers:

Long live the seven killer! Long live the seven killer! Long live the seven killer!

Tailor:

(Waves them off) Let's hurry back to the castle, so that the king doesn't have time to think up another list of things to do.

#1 Soldier:

(Points to the unicorn:) What'll we do with him?

Tailor:

We'll take him right with us and drop him off at a zoo on the way back.

#1 Soldier:

And the wild boar?

Tailor:

The cook can use him for a wedding roast.

#1 Soldier:

Detail, march!

CURTAIN

5th Music Interlude

Seventh Scene: Wedding

In the castle. A: Throne room, B: sleeping quarters and entry hall

A — The king is seated with his retinue at a long table and is celebrating. A favorite melody of the king is sung: "At all times so so."

All:

All the while a little happy
all the while a little thirsty,
all the while a little money in the sack,
all the while a little snuff tabac,
at all times so so.
You can say what you will
if only I have still
all the while a little money in the sack,
all the while a little snuff tabac
at all times so so.

All the while a little happy,
all the while a little thirsty,
all the while a good Bavarian beer,
all the while a lovely child near,
at all times so so.
You can say what you will,
if only I have still
all the while a little money in the sack,
all the while a little snuff tabac
at all times so so.

King:

My dear guests. Eat, drink and be merry. The danger is passed and as good as nothing untoward has happened. For the longest time Seven killer has caused us nothing but fear. *(Trumpet signal.)* That is the signal. *(Lifts his goblet:)* The guard has given the signal. Already they can be seen on the horizon.

Steward:

Our brave soldiers are returning home!

King:

Let the music begin! *(Gives a signal, whereby all begin to sing and make receiving line by the door.)*

All:

> All the while a little happy,
> All the while a little thirsty
> All the while a little money in the sack,
> All the while a little snuff tabac?

(Little tailor approaches contrary to all expectations; the singing stops.)

Steward:

Achoo!

Tailor:

Bless you, noble steward. That's nice that you are already in such good voice. Play on. The unicorn is behind the door and the wild boar is ready for the butcher. *(The soldiers steal in.)*

Soldiers:

Yes, we saw it with our own eyes.

King:

(Collapses, completely broken.) Take my daughter and half of the kingdom. Let it be. *(Wedding music begins. Chandeliers appear. Bells toll. The princess enters. Tailor goes to her.)*

Tailor:

Let it be! *(Tailor and the princess sing the song "There came a stealing in.")*

Princess: There came a stealing in,
a cool little wisp of wind.
Go back to your own
For me you'll always be my own.

Both: I will leave you never,
Even if my heart should sever.
True and steadfast you must be
My own for ever, for eternity.

Tailor: I heard a little bird whistle,
It whistled through the night
From the evening to the morn
until the day was born.

Both: Take my heart into your own,
blend the one into the other
from that shall emerge a flower,
forget-me-not by the bower.

Princess: In my father's garden bed
stand two flowers head to head,
the one bears the vine,
the other the rosy-line.

Both: Take my heart into your own,
blend the one into the other
from that shall emerge a flower
forget-me-not by the bower.

(Give each other a kiss.)

Tailor:

So, shall we celebrate the day on which so much has happened. *(Tailor starts the wedding dance with the princess.   B a l l e t.)* Come! *(Leads the princess from the dance floor to the wedding banquet, turns to the steward.)* Food!

Steward:

Yes, uh, what?

Tailor:

What's to eat? *(Steward turns for help to the cook.)*

Cook:

(Reading with enthusiasm from a parchment.) We have the following:

Hors d'œuvre:　Golden balls of pine nuts. Chicken soup with dumplings. Calf liver with stewed chestnuts.

First entree:　Baked Sole in Hollandaise sauce.

Second entree:　Boiled Eel with oriental spices.

Third entree:　Roasted Capon with a green salad and canned, peeled plums.

Fourth entree:　Grilled Moor hen on a bed of celery and peach sauce.

Fifth entree:　Baked Larches in orange and almond milk.

Accompanied by a chocolate soufflé. Gold torte?

Tailor:

Enough. *(The dance ends.)* Get a move on. I am hungry. *(Everyone proceeds to the table and eats.)* So! I think dinner is finished and we can go to bed. Guys like us need our sleep. *(Tailor stands up with the princess. All leave.)*

NIGHT. TAILOR AND PRINCESS LIE IN BED AND SLEEP.

Tailor:

(Tosses and turns in his sleep with dreams and awakens the princess.) Boy, make me a jacket and sew up the pants, or I'll whack you over the ears with the yardstick.

Princess:

O woe, now I see on which side of the tracks you were born. *(sobs)* Poor me.

(Gets up.) A daughter of a king and a tailor! *(Runs into the entry hall.)* Father! Father!

The king comes hurriedly in his night shirt, with a night cap, carrying in one hand candle holder.

King:

Why do you call for me, my daughter?

Princess:

Oh, father, rescue me from that man. When we were lying in bed I heard him talking in a dream: "Boy, make me a jacket and sew up the pants, or I'll whack you over the ears with the yard stick." He is a tailor. Help me.

King:

That is unheard of. Unbelievable. It cries to heaven. A tailor, most certainly. The scoundrel. We're on to him. He'll pay for that. Leave your bedroom open and come with me. I'll call the court together. My servants will go in there, tie him up and carry him to a ship that will take him far away from here. *(Leaves. The cook hurries cautiously into the bed chambers.)*

Cook:

Young lord, young lord.

Tailor:

What is it? I would like to get some undisturbed sleep. *(Turns onto his other side.)*

Cook:

Young lord, do wake up. I implore you! The king is planning mischief with you. *(Tailor sits up in bed.)* I heard it with my own ears while I was cleaning up the wedding supper in the kitchen. He has called the soldiers together. They plan to fall on you while you sleep, tie you up and carry you onto a ship that will take you far away from here.

Tailor:

(Fully awake now.) Good, bring 'em on. *(Signals for the cook to leave.)* I'm

going to put an end to this once and for all. *(Brings a sword into bed and makes like he's sleeping. Enter the king, steward, courtiers and soldiers, loaded down with ropes and weapons.)*

King:

Caution is good, but too much can be ruinous. We have to go all out this time. There is still time. The kingdom and order are at stake!

Steward:

All out, majesty?

King:

And with all means at our disposal! For safety sake, we use daggers, pistols and cannons. Does everyone understand?

#1 Soldier:

Yes sir, majesty!

King:

This time nothing can save him and nothing can hinder us. It has just turned midnight. You will act right at the last stroke of the hour. Repeat after me *(with a raised hand)*: On my life I swear —

All:

On my life I swear —

King:

The seven killer will be bound.

All:

The seven killer will be bound.

King:

(Rubs his hands together.) In this selfsame night. *(The king withdraws. The courtiers and soldiers form themselves in ranks. When the clock begins to strike, they creep during the clock strokes. P a n t o m i m e. And surround the bed.)*

Tailor:

(At the last stroke of the clock, everyone stops in their tracks.) Boy, make me a

jacket and sew up the pants, or I'll whack you over the ears with a yardstick! I have finished off seven in one stroke, done in two giants, led away a unicorn, and captured a wild boar. Why on earth should I be afraid of the ones standing around my bed!

(He jumps up, draws the sword; everyone is seized by panic. A battle ensues. With the last stroke of the clock, when everyone has taken to flight, there is stillness. The tailor remains standing as the last on the battlefield.)

Thus, I am and remain
(His glance falls onto the king's crown which the king has lost, lifts it up and places it on his head.)
the king.

CURTAIN

The End